Para cualquiera que se haya sentido insignificante

Título original: *Little Elliot, Big City*
Traducción: Roser Ruiz
1.ª edición: marzo 2015
© 2014 by Mike Curato
© Ediciones B, S. A., 2015
para el sello B de Blok
Consell de Cent, 425-427 - 08009 Barcelona (España)
www.edicionesb.com
Printed in Spain
ISBN: 978-84-16075-34-8
DL B 1470-2015
Impreso por EGEDSA

el Pequeño Elliot en la GRAN ciudad

Mike Curato

blok
B DE BLOK

Barcelona • Madrid • Bogotá • Buenos Aires • Caracas • México D. F. • Miami • Montevideo • Santiago de Chile

El Pequeño Elliot era un elefante.

Era distinto de los demás,
y por muchos motivos.

Al Pequeño Elliot le gustaba vivir en una gran ciudad, pero a veces era difícil ser tan pequeño en un sitio tan enorme.

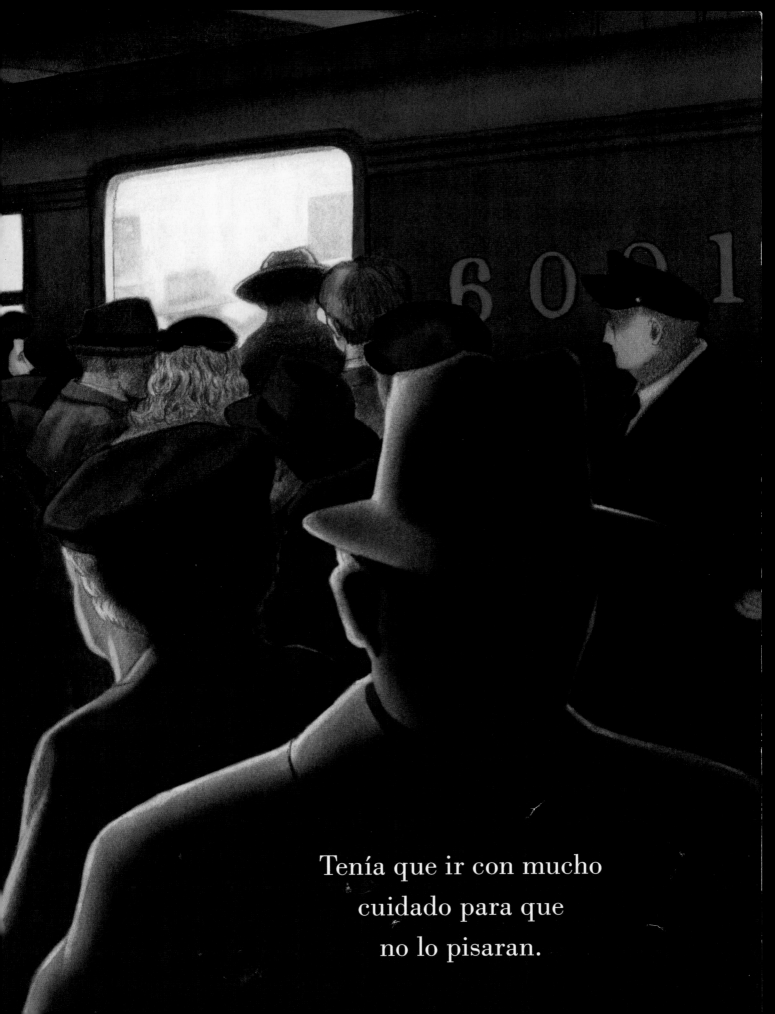

Tenía que ir con mucho
cuidado para que
no lo pisaran.

Le costaba mucho abrir las puertas.

Y más valía que se olvidara de coger un taxi.

Tampoco en su casa lo tenía más fácil.

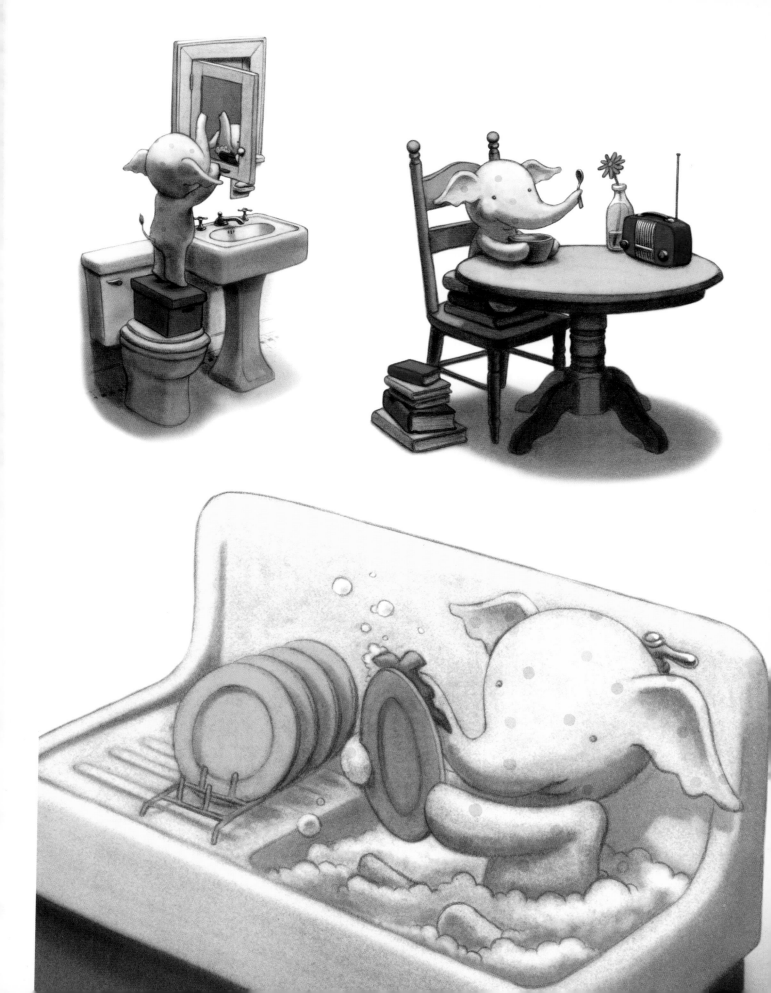

En cambio, Elliot disfrutaba
de las pequeñas cosas...

... de los pequeños tesoros...

... y, más que nada, ¡de los cupcakes!

Un día Elliot intentó
comprarse un cupcake,
pero nadie se fijó en él.

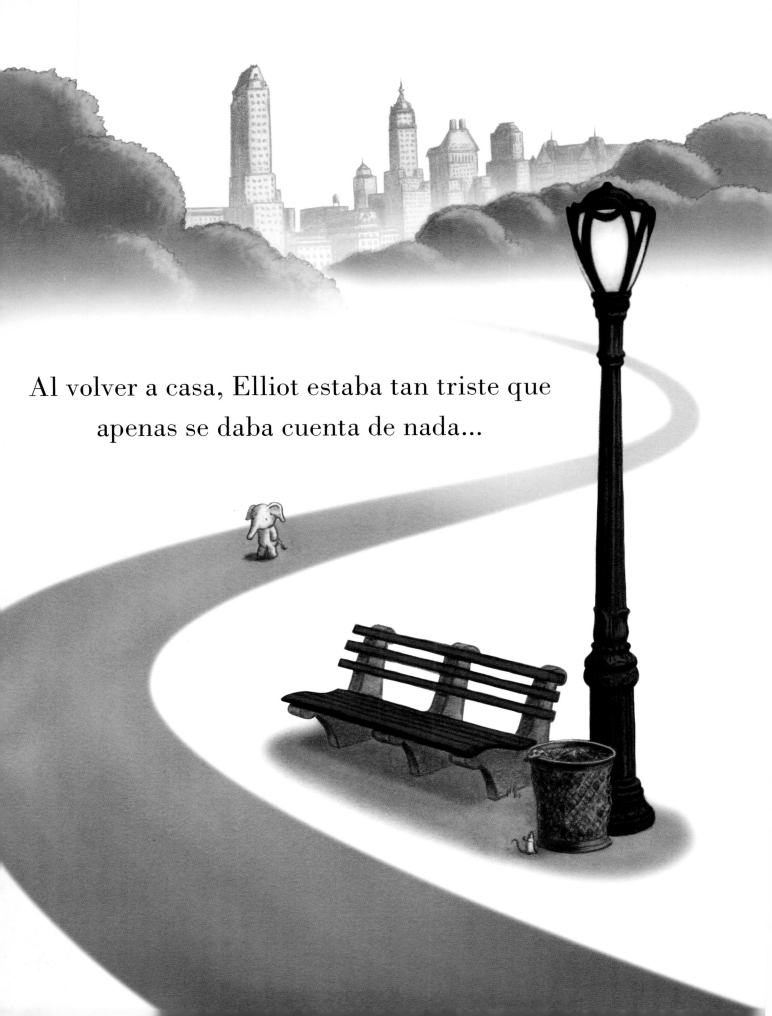

Al volver a casa, Elliot estaba tan triste que apenas se daba cuenta de nada...

Hasta que vio a alguien que era todavía más pequeñito
que él y que encima tenía un problema más grande.

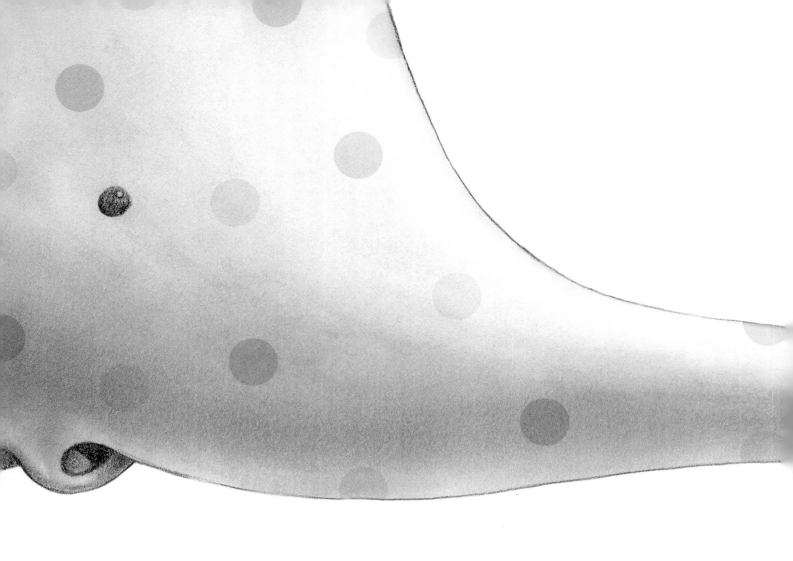

—Hola, Ratoncito. ¿Qué te pasa? —le preguntó Elliot.

—Pues que soy tan pequeño
que no llego a la comida
—dijo Ratoncito—. ¡Y tengo
un hambre que no veas!

—¡Yo te ayudaré! —dijo Elliot.

¡Elliot se sintió el elefante más grande del mundo!

Al día siguiente, Elliot y Ratoncito
fueron juntos a la pastelería.

¡Elliot por fin consiguió
su cupcake!

Y otra cosa que era aún mejor.